Nº 98

VENTE

Du Mardi 11 Mars 1890. Hôtel Drouot

SALLE Nº 7

EAUX-FORTES

MODERNES

PAR

APPIAN, BRACQUEMOND, BUHOT, CHAMPOLLION, COURTRY
DAUBIGNY, LÉOP. FLAMENG, F. GAILLARD, GAUJEAN, DILLEMACHER
JACQUEMART, LALAUZE, LE RAT, MEISSONIER
MONZIÈS, RAJON, DE ROCHEBRUNE, WALTNER, ETC.

LA PLUPART EN EPREUVES D'ARTISTE

Mᵉ MAURICE DELESTRE | M. DUPONT aîné
COMMISSAIRE-PRISEUR | MARCHAND D'ESTAMPES
27, rue Drouot, 27 | 21, rue de Seine, 21

PARIS 1890

IMPRIMERIE

D. DUMOULIN ET Cⁱᵉ, A PARIS.

CATALOGUE

(N° 98)

D'UNE JOLIE COLLECTION

D'EAUX-FORTES

MODERNES

PAR APPIAN, BRACQUEMOND, BUHOT,

CHAMPOLLION, COURTRY, DAUBIGNY, LÉOP. FLAMENG, F. GAILLARD,

GAUJEAN, HILLEMACHER, JACQUEMART,

LALAUZE, LE RAT, MEISSONIER, MONZIÈS, RAJON,

DE ROCHEBRUNE, WALTNER, ETC.

LA PLUPART EN ÉPREUVES D'ARTISTE

DONT LA VENTE AUX ENCHÈRES PUBLIQUES AURA LIEU

HÔTEL DES COMMISSAIRES-PRISEURS, RUE DROUOT

SALLE N° 4

Le Mardi 11 Mars 1890, à une heure et demie

Par le ministère de Me **MAURICE DELESTRE**, Commissaire-Priseur,

rue Drouot 27,

Assisté de **M. DUPONT** aîné, marchand d'Estampes, rue de Seine, 21.

PARIS 1890

CONDITIONS DE LA VENTE

La vente se fera au comptant.

Les acquéreurs payeront *cinq pour cent* en sus des enchères, applicables aux frais.

M. Dupont, chargé de la direction de la vente, se réserve la faculté de rassembler ou de diviser les lots.

L'ordre du Catalogue sera suivi.

DÉSIGNATION

APPIAN

1 — Le Port de San Rémo. — Le Retour de la pêche à Col-
lioure.

    Deux pièces, épreuves d'artiste.

2 — Barques de cabotage. — Marines. — Paysages.

    Huit pièces dont six épreuves d'artiste.

BELLAY (P.)

3 — Fragment de la Dispute du Saint Sacrement. — La Pru-
dence, la Force et la Modération, d'après Raphaël.

    Deux pièces, très belles épreuves.

4 — Pascuccia. — Nanna.

    Deux pièces, épreuves avant la lettre, sur chine.

BERTINOT (G.)

5 — Jésus portant sa croix, d'après Lesueur.

    Très belle épreuve sur chine.

BOILVIN

6 — Agacerie.

    Epreuve d'artiste, signée.

7 — La Fuite à dessein.

    Epreuve d'artiste.

8 — Scène de Rabelais. — Bivouac pendant le blocus, à Metz.

    Deux pièces, épreuves d'artiste.

BOILVIN

9 — Marie-Antoinette et ses enfants, d'après Werstock. — La Femme au gant, d'après Frans Hall. — La Dame au parasol, d'après Lancret.

Trois pièces, épreuves d'artiste et avant la lettre.

BRACQUEMOND

10 — Fernand. (B .43).

Epreuve d'artiste sur parchemin.

11 — La même estampe.

Epreuve d'artiste sur japon.

12 — Portrait de Ch. Méryon (78).

Epreuve d'artiste sur japon.

13 — Portrait de M. Meyer (80).

Epreuve d'artiste.

14 — Le Battant de porte (110).

Très belle épreuve avec le titre à la pointe et la date 1852. Encadré.

15 — Sarcelles (111).

Epreuve d'artiste.

16 — Ils s'en allaient dodelinant de la tête, etc. (125).

Epreuve d'artiste.

17 — Les Taupes (134).

Epreuve d'artiste sur papier ancien.

18 — La même estampe.

Epreuve d'artiste.

19 — L'Inconnu (174).

Epreuve d'artiste.

20 — Vanneaux et Sarcelles (175).

Epreuve d'artiste.

BRACQUEMOND

21 — Au Jardin d'acclimatation (214).
Epreuve d'artiste sur japon, signée.

22 — Sur la Terrasse (215).
Epreuve d'artiste sur parchemin.

23 — La même estampe.
Epreuve d'artiste sur japon.

24 — Nuée d'orage (219).
Epreuve d'artiste, signée.

25 — Les Mouettes (223).
Epreuve d'artiste, signée.

26 — Le Miroir, d'après Chaplin (260).
Deux pièces dont une épreuve d'artiste sur japon.

27 — Le Lièvre, d'après A. de Balleroy (277).
Epreuve d'artiste sur japon.

28 — La Servante, d'après Leys (280).
Epreuve d'artiste.

29 — Brumes du matin (779).
Epreuve d'artiste, signée.

30 — La Mort du Poussin. — Portrait de Legros. — Vases, etc,
Six pièces dont trois épreuves d'artiste.

BRUNET-DEBAINES

31 — Les Cagnards de l'Hôtel-Dieu.
Epreuve d'artiste sur chine.

32 — Intérieur d'église. — Vue à Blois, etc.
Trois pièces, épreuves d'artiste.

BUHOT (F.)

33 — En-têtes de pages pour le *Diable amoureux* (B. 96.)
Deux pièces, épreuves d'artiste sur japon.

BUHOT (F.)

34 — Ex-libris d'eaux-fortes pour l'*Ensorcelée*. Deuxième
état (116).

Epreuve d'artiste.

35 — La Fête nationale. — Place Bréda (127-128).

Deux pièces, épreuves d'artiste.

36 — Une Jetée en Angleterre (132).

Superbe épreuve avec croquis dans la marge, signée.

37 — La Dame aux cygnes (144).

Epreuve d'artiste.

38 — L'Orage (145).

Epreuve d'artiste avec les croquis dans la marge.

39 — La Chapelle Saint-Michel à l'Estre (152).

Belle épreuve.

40 — Le Peintre de marine (146).

Très belle épreuve sur papier teinté.

41 — Le Gardien du logis. — Maison de Campagne. — Vi-
gnette.

Trois pièces, épreuves d'artiste.

42 — Vases et objets japonais.

Six pièces, épreuves d'artiste.

BULAND

43 — Le Pape Innocent III.

Epreuve d'artiste avec remarque.

BURNEY

44 — Mgr de Ségur, d'après Gaillard.

Epreuve d'artiste.

45 — Le Pape Innocent III.

Epreuve d'artiste.

EURNEY

46 — La Chocolaterie, d'après Liotard. —
Epreuve d'artiste sur chine.

CHAMPOLLION

47 — Le Printemps. — L'Eté, d'après Louise Abbema. —
Deux pièces, épreuves d'artiste.

48 — Partie Champêtre. — Sous la feuillée, d'après Watteau. —
Deux pièces, belles épreuves de remarque sur parchemin, signées. Encadrées.

49 — L'Embarquement pour Cythère, d'après Watteau. —
Epreuve d'artiste.

CHAUVEL

50 — Solitude, d'après Corot. —
Epreuve d'artiste sur parchemin. Encadrée.

51 — Paysages. —
Six pièces, épreuves d'artiste.

COURTRY

52 — Le Maréchal ferrant, d'après Worms. —
Epreuve d'artiste sur japon.

53 — Le Parc, d'après Watteau. — L'Heureuse famille, d'après Fragonard.
Deux pièces, épreuves d'artiste.

54 — La Famille d'Holbein. —
Epreuve d'artiste.

55 — Le Calvaire, d'après Delacroix. — Trompette, d'après Géricault.
Deux pièces, épreuves d'artiste.

56 — La Servante endormie, d'après Van der Meer. — L'Intérieur de Pieter de Hoog. — Les Quatre saints, etc.
Cinq pièces, épreuves d'artiste.

CUCINOTTA

3 — , 57 — La Bataille des Cimbres, d'après Decamps. — Eventail, d'après Rudaux. — Portrait.

Trois pièces, épreuves d'artiste, dont deux sur japon.

DAMMAN

4 — , 58 — Jeune fille, d'après Greuze. — Miss Graham, etc.

Trois pièces, épreuves d'artiste.

DAUBIGNY

9 — , 59 — Le Buisson. — Le Coup de soleil, d'après Ruysdaël.

Deux pièces, belles épreuves.

9 — , 60 — Le Gué. — Parc à moutons le matin.

Deux pièces, belles épreuves sur chine.

17 — , 61 — A Valmondois. — Le Pré des Graves. — Paysages.

Cinq pièces, épreuves d'artiste.

DEBLOIS

4 — , 62 — Le Concert, d'après Terburg.

Très belle épreuve sur chine.

DELAUNEY

5 — , 63 — Le Pont Royal.

Epreuve d'artiste sur parchemin.

DELAUNEY, NIEL

9 — , 64 — Notre-Dame de Paris. — Eglise Saint-Julien-le-Pauvre, etc.

Quatre pièces, épreuves d'artiste.

DIDIER

5 — , 65 — La Poésie, d'après Raphaël.

Très belle épreuve sur chine.

5 — , 66 — Portrait d'homme, d'après Raphaël. — Michel-Ange.

Deux pièces avant la lettre sur japon et sur chine.

DUPRAY, DUMARESQ

67 — Sujets militaires.
Trois pièces, épreuves d'artiste.

FLAMENG (Léop.)

68 — La Source, d'après Ingres. (B. 179.)
Superbe épreuve d'artiste sur chine.

69 — La Source, d'après Ingres.
Très belle épreuve d'état avant les noms.

70 — Angélique, d'après Ingres (180).
Superbe épreuve d'artiste avant le cadre.

71 — Angélique, d'après Ingres.
Epreuve d'artiste sur chine.

72 — La Source. -- Angélique, d'après Ingres.
Deux pièces, belles épreuves sur chine.

73 — Stratonice, d'après Ingres (181).
Epreuve avant la lettre sur chine.

74 — Hassan et Namouma, d'après H. Regnault (197).
Epreuve d'artiste.

75 — M. de Barante (307).
Eprouve d'artiste.

76 — Daniel Stern (320).
Epreuve d'artiste sur chine.

77 — Portrait de Mme Feydeau, d'après Carolus Duran (328).
Epreuve avant la lettre sur chine.

78 — Portrait de Mme Pasca. (379.)
Epreuve d'artiste sur chine

79 — Jésus guérissant les malades, d'après Rembrandt.
Très belle épreuve d'artiste.

FLAMENG (Léop.)

2 — « 80 — L'Odalisque à l'esclave, d'après Ingres.

Epreuve d'artiste sur chine.

6 — « 81 — Portrait de Rembrandt. — La Femme d'Utrecht. — Concert hollandais, etc.

Quatre pièces, épreuves d'artiste.

3 — « 82 — Portrait de Rembrandt.

Epreuve d'artiste.

6 — « 83 — Elisabeth de Bourbon. — Jeune fille, d'après Greuze. — François Iᵉʳ, d'après Bonington.

Trois pièces, épreuves d'artiste et avant lettres.

1 — « 84 — Un Père de l'Église. — Le Duc Job.

Deux pièces, épreuves d'artiste.

FRANÇOIS (A.)

5 — « 85 — Mignon et son père, d'après A. Scheffer.

Superbe épreuve d'artiste sur chine, signée par le graveur.

11 — « 86 — Mariage mystique de sainte Catherine, d'après Memling.

Très belle épreuve sur chine.

FRANÇOIS, FOULQUIER

2 — « 87 — La Vierge de Manchester. — Le Génie captif. — La Pêche, etc.

Quatre pièces, belles épreuves, dont deux d'artiste.

GAILLARD (F.)

4 — « 88 — Portrait d'Horace Vernet. (B. 9.)

Belle épreuve.

155 — « 89 — Portrait du Condottière, d'après Antonello de Messine (15).

Superbe épreuve d'artiste avec les noms à la pointe.

31 — « 90 — Gattamelata (18).

Très belle épreuve avant la lettre.

GAILLARD (F.)

91 — Œdipe et le Sphinx, d'après Ingres (24).

Epreuve d'artiste avec les noms à la pointe.

92 — La Vierge de la maison d'Orléans (26).

Très belle épreuve avant la lettre, sur chine.

93 — La même estampe.

Très belle épreuve sur chine.

94 — Le Comte de Chambord (30).

Très belle épreuve sur chine.

95 — Pie IX (31).

Très belle épreuve sur chine.

96 — Tête de cire du Musée de Lille (36).

Très belle épreuve d'artiste.

97 — Dom Prosper Guéranger, abbé de Solesmes (38).

Très belle épreuve avant le cuivre rogné.

98 — Saint Georges, d'après Raphaël (45).

Très belle d'artiste, signée.

99 — Saint Georges, d'après Raphaël.

Très belle épreuve d'état.

100 — Monseigneur Billard (47).

Très belle épreuve d'état sur japon.

101 — Sœur Rosalie (48).

Très belle épreuve d'artiste sur chine.

102 — La même estampe.

Très belle épreuve sur chine.

103 — La Vierge au Donateur. — Œdipe. — Monseigneur de Ségur.

Trois pièces, belles épreuves.

GAUCHEREL

104 — Monuments, d'après Duban.

Epreuve d'artiste.

GAUJEAN

105 — L'Enfant aux cerises, d'après Russell. — La Fortune, d'après Baudry.

Deux pièces, épreuves d'artiste.

106 — Les Baigneuses, d'après Fragonard.

Eau-forte en couleur, très belle épreuve d'artiste, sur japon, signée.

GAZETTE DES BEAUX-ARTS

107 — Sujets religieux anciens. — Dessins et ornements anciens.

Quinze pièces.

GÉROME

108 — Le Fumeur.

Epreuve d'artiste.

GÉRY-BICHARD

109 — Giorgione.

Très belle épreuve d'artiste.

GILBERT (A.)

110 — Vanloo et sa famille, d'après Vanloo.

Epreuve d'artiste.

111 — Portraits de Molière, Berlioz, Cottier.

Trois pièces, très belles épreuves dont une d'artiste.

GILLI

112 — Rembrandt. — Enfant au chien. — Un reproche.

Quatre pièces, épreuves d'artiste.

HANRIOT

113 — La Sulamite. — Nymphe, d'après Henner. — La Vérité, etc.

Quatre pièces, épreuves d'artiste.

HÉDOUIN (Edm.)

114 — Portrait de Madame V... d'après Chaplin. —
   Très belle épreuve d'artiste.

115 — Aïscha. — Paysanne Ossalaise. — Manon Lescaut. —
   Trois pièces, épreuves d'artiste.

HÉDOUIN, KŒPPING

116 — Gentilhomme flamand. — François Ier. — Marie de
   Médicis. — Valentine.
   Quatre pièces, épreuves d'artiste.

HEUER

117 — Hérodiade, d'après B. Luini. —
   Très belle épreuve sur chine.

HENRIQUEL-DUPONT, FLAMENG, DE MARE

118 — Portraits d'Henri de Bourbon, Jeanne d'Albret, Henri II,
   connétable de Montmorency, Overbeck, etc.
   Sept pièces, belles épreuves.

HUOT (A.)

119 — Sainte Catherine, d'après B. Luini. —
   Très belle épreuve sur chine.

120 — Le Baron Denon, d'après Prud'hon. —
   Très belle épreuve sur chine.

INGRES (d'après)

121 — Portrait de M. Tardieu. — Petite fille *au* chevreau. —
   Jésus au milieu des docteurs.
   Quatre pièces, belles épreuves sur chine.

HILLEMACHER

122 — La Troupe de Molière, in-8.
   Trente-trois portraits différents, très belles épreuves sur chine volant.

123 — Acteurs et actrices de la Comédie-Française, in-8. —
   Dix-huit portraits différents, très belles épreuves.

INNOCENTI, MOREL

124 — Amateur d'estampes. — Au Luxembourg. — Tête de femme, etc.

Sept pièces, épreuves d'artiste.

JACQUEMART (J.)

125 — Bijoux Campana. (B. 10) Armure.

Deux pièces, épreuves d'artiste.

126 — Armes du XVI⁰ Siècle (22).

Epreuve d'artiste.

127 — Trépied, ciselé par Gouthière (23).

Epreuve d'artiste.

128 — Bijoux du XVI⁰ Siècle (24).

Epreuve d'artiste.

129 — La Vigilance (Pendule) (25).

Epreuve d'artiste.

130 — Le Cabinet des médailles (30).

Épreuve d'artiste.

131 — Wilhelm Van Heythuysen, d'après Frans Hals (269).

Epreuve d'artiste.

132 — Portrait de Rembrandt (270).

Epreuve d'artiste.

133 — La Belle-fille de Goya (286).

Epreuve d'artiste.

134 — L'Infante Isabelle, d'après Simon de Vos (287). — Chasse à courre, d'après Fyt (288).

Epreuves d'artiste.

135 — Une Exécution au Japon (313). — Avant le bal (327).

Deux pièces, épreuves d'artiste.

136 — Suite complète de huit études et compositions de fleurs (318 à 325).

Très belles épreuves d'artiste.

JACQUEMART (J.)

137 — Souvenirs de voyage (329).
Epreuve d'artiste.

138 — L'Ecureuil et la mouche. — Souvenirs de voyage.
Deux pièces, belles épreuves.

139 — Le Vieux marché à Fécamp (334).
Epreuve d'artiste.

140 — Sir Richard Wallace, d'après Baudry (376).
Très belle épreuve d'artiste.

141 — Bords de la Meuse, d'après Van Goyen.
Epreuve d'artiste, sur parchemin.

142 — Tasse de Sèvres. — Vase. — Cassolette.
Trois pièces, épreuves d'artiste.

143 — Une Génoise (388).
Epreuve d'artiste.

144 — Plantes de serre. — Frontispices.
Trois pièces, belles épreuves.

145 — Table, style Louis XVI. — Armes orientales. — Plat
d'Urbino.
Trois pièces, belles épreuves.

146 — Jacob Van Veen. — Moïse. — Rembrandt. — l'Orage,
etc.
Cinq pièces, belles épreuves.

JACQUET (J.)

147 — Madame Récamier, d'après David.
Très belle épreuve sur chine.

148 — Clio, Euterpe, Thalie, d'après Le Sueur.
Très belle épreuve sur chine.

JASINSKI

149 — Vittoria Colonna, d'après Lefebvre.

Deux belles épreuves, dont une d'état.

LAGUILLERMIE, MORDANT

150 — La Porte du sérail, d'après Fortuny. — Mariage de Henri III. — Le Golgotha.

Trois pièces, épreuves d'artiste.

LALANNE (Max.)

151 — Vieilles maisons à Vitré.— Les Rochers, à Trouville.— Bordeaux, etc.

Dix pièces, dont huit épreuves d'artiste.

LALAUZE

152 — Scène de théâtre, d'après Cochin.

Très belle épreuve de remarque.

153 — Le Baiser, d'après Fragonard. — Le Guet-apens. — Croquis, d'après Lancret,

Trois pièces, épreuves d'artiste.

154 — Le Petit monde, collection complète de dix eaux-fortes, avec le titre et la couverture.

Epreuves d'artiste, sur chine volant.

155 — Portrait de femme, d'après Prud'hon. — Infante, d'après Velasquez. — Portrait, d'après Murillo.

Trois pièces, épreuves d'artiste.

156 — Scène de Molière. — Sujets d'enfants.

Cinq pièces, épreuves d'artiste sur japon.

157 — La Balançoire. — Le Guet-apens.

Deux pièces, épreuves d'artiste.

LE COUTEUX

158 — Don Carlos, d'après Bonnat.

Epreuve d'artiste sur parchemin.

LE COUTEUX, CLAUS

159 — Don Carlos. — L'Archiduc Rudolphe d'Autriche.

Deux pièces, épreuves d'artiste sur japon.

LEENHOFF, LEFORT

160 — La Mère de Rembrandt. — Intérieur hollandais. — Portrait.

Trois pièces, épreuves d'artiste.

LELOIR (L.)

161 — Un Raffiné. — Portrait.

Deux pièces, épreuves d'artiste.

LELOIR (M.)

162 — Un Trompette. — Enfants, etc.

Trois pièces, épreuves d'artiste.

LEMUD (DE)

163 — Maître Wolframb. — Hélène Adelsfreit.

Deux pièces, belles épreuves sue chine.

LE RAT

164 — Le Tailleur. — Pêcheur de Scheveningue. — La Ravaudeuse. — Amazones.

Quatre pièces, épreuves d'artiste.

165 — Portraits, d'après Prud'hon, Pascal, etc.

Trois pièces, épreuves d'artiste.

166 — Fauteuil, Vase, Panneau, Christ en croix.

Quatre pièces, épreuves d'artiste.

LEVASSEUR (J.)

167 — Le Ravissement de saint Paul, d'après le Poussin.

Très belle épreuve sur chine.

LEWIS-BROWN

168 — En Reconnaissance. — La Promenade.

Trois pièces, épreuves d'artiste.

LEYS

169 — Promenade hors les murs.

Epreuve d'artiste.

170 — Les Archers.

Très belle épreuve.

LINDNER (J.)

171 — Judith, d'après Paul Véronèse.

Très belle épreuve sur chine.

LOS-RIOS

172 — L'Attente. — Le Duo. — La Musique.

Trois pièces, épreuves d'artiste, dont deux sur japon.

LUCAS

173 — Les Enfants de Charles Iᵉʳ, d'après Van Dyck.

Très belle épreuve de remarque sur japon.

174 — Portrait de femme, d'après Porbus. — Portrait, d'après Coello.

Deux pièces, épreuves d'artiste sur japon.

175 — Portrait de Goya. — Portrait d'homme, etc.

Trois pièces, épreuves d'artiste.

LURAT

176 — Mᵐᵉ la comtesse Vandal. — Mᵐᵉ la comtesse de Barck.

Deux pièces, épreuves d'artiste.

MARE (DE)

177 — Saint François d'Assise. — Triomphe de Galathée. — Portrait, etc.

Quatre pièces, épreuves d'artiste.

MARTIAL, TOUSSAINT

178 — Bal Mabille. — Pont-Neuf. — Les Tuileries, etc.

Sept pièces, épreuves d'artiste.

MASSARD (L.)

179 — Portrait de M. Bonnat.

Très belle épreuve d'artiste, sur chine.

180 — Portrait d'Edm. Hédouin.

Epreuve d'artiste.

MEISSONIER

181 — Le Petit fumeur.

Très belle épreuve.

182 — Polichinelle.

Très belle épreuve.

MEISSONIER (d'après)

183 — Vedette, par Le Rat.

Epreuve d'artiste sur japon.

184 — Le Liseur, par Jacquemart.

Epreuve d'artiste.

185 — Défilé des populations lorraines, par Jacquemart. (B.312)

Epreuve d'artiste sur hollande.

186 — La Sentinelle, par Gaucherel.

Très belle épreuve de remarque sur parchemin.

187 — Arquebusier, par Duvivier.

Deux pièces, épreuves d'artiste.

188 — Tourne-bride, par Le Rat.

Epreuve d'artiste.

189 — La Barricade. — Le Convoi, par de Mare.

Deux pièces, belles épreuves.

190 — Portrait de M. Hetzel, par Manesse.

Epreuve d'artiste.

MEISSONIER

191 — Le Liseur, par Rajon.

Très belle épreuve sur chine.

192 — La Lecture, par Flameng. — Charles Meissonier, par Rajon.

Trois pièces, belles épreuves.

193 — Hallebardier. — Porte-Drapeau. — Le Liseur. — Homme d'armes.

Cinq pièces, belles épreuves.

MILIUS

194 — Van Dyck et son protecteur.

Epreuve d'artiste sur japon, signée.

195 — L'Enfant à la Gaufre. — Le Triomphe de Marat. — Campement arabe, etc.

Quatre pièces, épreuves d'artiste.

196 — Jeune Femme, d'après Watteau.

Epreuve d'artiste, signée.

MONGIN, GAUCHEREL

197 — Portraits : M. Orchardson, Moxon, Chaplin, Harpignies.

Quatre pièces, épreuves d'artiste sur japon.

MONZIÈS

198 — Portrait de Mme Sarah Bernhardt, d'après Clairin.

Epreuve d'artiste.

199 — Chasse au Faucon, d'après Fromentin.

Très belle épreuve d'artiste sur parchemin.

200 — Liseur. — Un Amateur. — Le Peintre, etc.

Quatre pièces, épreuves d'artiste.

NEUVILLE (DE)

201 — Mobiles à la Tranchée.

Deux pièces, épreuves d'artiste.

PENET

202 — Fleurs de Printemps, d'après Chaplin. — — — *32 -.*

Très belle épreuve avec remarque sur parchemin, signée du peintre et graveur. Encadrée.

RAAB (J.-L.)

203 — La Madone à l'Enfant, d'après le Titien. *2 fo*

Très épreuve sur chine.

RAJON

204 — Le Duel après le Bal, d'après Gérôme. — — *9 -*

Très belle épreuve avant la lettre sur japon.

205 — La Femme au Chapeau de paille, d'après Rubens. — *14 -.*

Très belle épreuve d'artiste sur japon, signée.

206 — La même estampe. — — — — — *23 -.*

Epreuve d'artiste sur papier ancien.

207 — Le Printemps, d'après Marchal. — — — *5 -*

Epreuve d'artiste.

208 — Rixe dans un Cabaret, d'après Vautier. — — — *6 -*

Très belle épreuve avant la lettre.

209 — Mariage protestant en Alsace, d'après Brion. — — *5 -*

Très belle épreuve avant la lettre.

210 — Portrait de Mᵐᵉ Baldwin. — — — *23 -.*

Epreuve d'artiste, sur papier ancien.

211 — Miss Siddons, d'après Gainsborough. — — — *28 -*

Superbe épreuve d'artiste.

212 — Scène flamande. — — — *4*

Epreuve d'artiste, sur japon.

213 — Armurier Turc. — — — *13 -.*

Epreuve avant la lettre, sur japon.

214 — Marchande de fleurs, d'après Alma Tadema. — — *4 -*

Epreuve avant la lettre, sur japon.

RAJON

*4 .. * **215** — Le Pitre.

Epreuve d'artiste.

*4 — * **216** — Leçon de Musique.

Epreuve d'artiste.

*5 . * **217** — Cortigiana. —- Don Juan d'Autriche, d'après Velasquez.

Deux pièces, épreuves d'artiste.

*3 — * **218** — L'Indifférent. —Finette.

Deux pièces, belles épreuves.

RAMUS

*10 - * **219** — Portrait de M. le baron James de Rotchschild, d'après Gaucherel.

Très belle épreuve.

ROCHEBRUNE (O. DE)

*8 - * **220** — Porte du château d'Anet.

Très belle épreuve.

*21 - * **221** — Cour intérieure de l'hôtel Jacques Cœur à Bourges.

Epreuve d'artiste avec le cachet.

*13 - * **222** — Grand escalier de François Ier du château de Blois.

Très belle épreuve avant la lettre.

*5 - * **223** — Vue du donjon de Pierrefonds.

Très belle épreuve.

*19 - * **224** — Vue du château de Meillant.

Epreuve d'artiste avac le cachet.

*13 - * **225** — Vue du château de Chenonceaux.

Très belle épreuve avant la lettre.

*11 - * **226** — Vue générale des constructions du château de Chambord.

Très belle épreuve.

*7 - * **227** — Lanterne du château de Chambord.

Epreuve avant la lettre.

ROCHEBRUNE (O) DE)

228 — Le Pavillon de Jean Goujon, dans la cour du Louvre,
avec la vue des restes du vieux Louvre.
> Très belle épreuve avant la lettre.

229 — La même estampe.
> Très belle épreuve.

230 — Château d'Azay-le-Rideau.
> Épreuve d'artiste avec le cachet.

231 — Escalier. — Atelier du château de Terre-Neuve, etc.
> Trois pièces, épreuves d'artiste.

ROUSSEAU (E.)

232 — Portrait d'homme, d'après Francia.
> Deux pièces dont une sur chine.

RUET

233 — L'Atelier de peintre, d'après M. Leloir.
> Épreuve de remarque sur japon.

234 — La même estampe.
> Épreuve d'artiste.

SADOUX

235 — Vues de Chantilly : Façade du château, vue prise
sur les jardins avec les constructions modernes.
> Deux pièces, épreuves de remarque sur japon, signées.

SAFFREY, TAIÉE

236 — Vues de Paris : Pompe Notre-Dame. — L'Estacade. —
Pont d'Arcole, etc.
> Cinq pièces, épreuves d'artiste.

SPINELLI

237 — Saint Jean l'hospitalier, d'après Dawant.
> Épreuve d'artiste sur japon. Signée du peintre et du graveur.

UNGER

238 — Dyptique, d'après Rubens.
> Épreuve d'artiste sur japon.

239 — Adam et Eve, d'après Palme, le vieux.
> Deux pièces, épreuves d'artiste sur chine.

UNGER

240 — La Garde civique, d'après F. Hals. — Portrait, d'après Rembrandt.

Deux pièces, épreuves d'artiste.

VOGEL (V.-S.-F.)

241 — Marie-Louise de Tassis, d'après Van Dyck.

Très belle épreuve sur chine.

WALTNER (Cu.)

242 — Le baron de Wicq.

Epreuve d'artiste.

243 — S. A. R. le Prince de Galles.

Superbe épreuve sur parchemin. Signée par l'artiste.

244 — Miss Fitzherbert, d'après Romney.

Epreuve d'artiste sur chine.

245 — Elizabeth Jacobs Bas, d'après Rembrandt.

Epreuve d'artiste sur japon. Encadrée.

246 — Le Doreur, d'après Rembrandt.

Superbe épreuve d'artiste sur japon. Signée.

247 — Miss Graham, d'après Gainsborough.

Très belle épreuve sur chine. Encadrée.

248 — La Femme du joueur, d'après Millais.

Très belle épreuve. Encadrée.

WEBER (F.)

249 — Portrait, d'après Winterhalter.

Epreuve d'artiste, sur chine, avec dédicace.

YON

250 — Portrait de M. Sancède, d'après Bonnat.

Epreuve d'artiste sur parchemin.

251 — Sous ce numéro il sera vendu plusieurs lots d'eaux-fortes non cataloguées.

Imp. D. Dumoulin et Cie, à Paris.